Ora è mia... per sempre

Le metto un bambino nella pancia e un anello di diamanti al dito.

Ashley Colem

ORA È MIA... PER SEMPRE

First edition. December 16, 2023.

ISBN: 979-8215672471

Written by Ashley Colem.

Also by Ashley Colem

Piégé par elle
Tenir si Fort: Il ne savait pas qu'une obsession pouvait s'emparer de lui aussi fort
Un Alpha de Mauvais Caractère: Aucune femme n'a jamais été capable de le gérer
Un Échange Très Étrange: Le destin de Cian et de Serenity, croisés dans un lycée américain
Limite Superato
Amore Improbabile
Kataliya, la Perfetta
La Scelta Definitiva di un Singolo Amore
Sesso ripetuto
Taina è in Fiamme
Esaurimento
Intrappolato da lei
La Donna dei Suoi Sogni
Lo Stronzo #1
Ora è mia... per sempre
Prigioniero in una Notte di Neve
Sta per Averla
Stringere Così Forte

I miei uomini strappano una giovane donna formosa dalle grinfie della morte nel bel mezzo di una gelida notte moscovita e la portano da me, un boss mafioso russo.

È la prima volta che vedo una donna così innocente, così reale, così perfetta. Ed è anche la prima volta che sento questo bisogno incontrollabile prendermi e chiedermi di fare mio qualcuno.

Ma non è qualcuno. Lei è l'unica che quest'uomo più anziano abbia mai desiderato.

E la prima volta che scopro di essere amico di suo padre da anni e chilometri di distanza, riafferma solo che questo è il destino, destinato a succedere. E i furfanti che intendevano farle del male hanno già segnato il proprio destino, la propria condanna a morte, mettendo le mani su ciò che avrebbe sempre dovuto essere mio.

La libererò dal suo passato travagliato, ma c'è una cosa di cui non si libererà mai. Me. Le metto un bambino nella panciae un diamante anello al dito. Lei è mia adesso... per sempre.

CAPITOLO 1

Terry

"Vittoria Mugnaio.Vittoria Mugnaio.Vittoria Mugnaio", mi ripeto ancora e ancora e ancora mentre inciampo sulla Piazza Rossa.

VittoriaIl suo nome è l'unico russo che conosco al momento, e l'unico di cui mi posso fidare... anche se non ci siamo mai incontrati.

Sto praticamente trascinando la gamba posteriore nella neve che si accumula rapidamente sul terreno, lasciando una scia libera per l'uomo, o gli uomini, che sicuramente a quest'ora devono essere vicini a rintracciarmi.

L'aria invernale è frizzante, tagliente e mi taglia i polmoni come una lama di rasoio. C'è il freddo e poi c'è la Russia, e non avere un cappotto di alcun tipo a temperature sotto lo zero è dannatamente vicino a una condanna a morte all'una di notte.

Mi pizzicano gli occhi per il manrovescio che quelle dita carnose mi hanno dato sul viso nemmeno dieci minuti fa, ma strizzo gli occhi per il dolore e le lacrime, notando un piccolo negozio di borscht aperto a quest'ora.

Non per molto tempo.

Non appena la proprietaria del piccolo ristorante mi vede, si precipita a chiudere le persiane, inondando la strada nell'oscurità, e un secondo dopo sento un chiavistello sbattere contro la porta d'ingresso mentre lei impreca qualcosa in russo.

Essendo un topo di biblioteca introverso, ero entusiasta di venire in Russia, leggendo che le persone tenevano la testa bassa e si facevano gli affari propri, proprio come me con il mio disagio sociale. Ma ora darei qualsiasi cosa per quella cordialità americana in cui gli estranei si aiutano a vicenda nel momento del bisogno, al diavolo la mia ansia sociale.

Più avanti posso vedere la Chiesa di Basilio, l'unico punto di riferimento che conosco a cui sia collegatoVittoria. Ma mio padre ha detto che viveva proprio qui anni fa. Con tutto il tempo che è passato potrebbe anche non essere più in campagna, a giudicare dalle storie che mi raccontava mio padre sul suo amore per i viaggi.

Continuo a muovermi, seguendo lo scheletro dei rami degli alberi che sono troppo potati lungo l'ampia passerella aperta, o è solo che l'inverno ha preso la loro capacità di vivere, come se stesse cercando di risucchiare anche la mia nello scarico in questo momento?

Mi fermo, mi appoggio al muro e cerco di non rendermi visibile. Nonostante l'oscurità che sto cercando di usare per nascondermi, ho osservato abbastanza Animal Planet per sapere che i predatori eccellono sotto il calare della notte... e sono chiaramente seguito da alcuni dei migliori cacciatori che ci siano.

Il sangue ruggisce attraverso il mio corpo, mentre il silenzio del freddo crolla su di me. L'unico movimento in vista è il vapore del mio respiro che colpisce l'aria gelida.

Faccio un altro respiro profondo e vado avanti, senza più senno.

"Vittoria!" Grido impotente nella notte come una pazza. "Vittoria! Aiutami! Qualcuno, per favore, mi aiuti!"

Niente.

All'improvviso sento il rombo del motore di un'auto e mi giro e vedo che è lo stesso uomo da cui sto scappando... l'uomo che ha pagato per il mio corpo. Lo stronzo che si è lamentato con gli uomini che mi hanno ingannato facendomi sembrare molto più pesante che nelle mie foto... immagini che sono state rubate dai miei account bloccati sui social media. Gli hacker russi sono davvero i migliori, come ho purtroppo scoperto.

"Ecco quella puttanella grassa!" grida in inglese, con un forte accento russo. Due uomini escono di corsa da dietro i finestrini oscurati dell'auto e si dirigono verso di me.

Li riconosco immediatamente dalla loro taglia, dalle loro giacche di pelle nera e dal cipiglio sul loro viso.

Sono le guardie di sicurezza del giro di trafficanti di cui sono caduto vittima.

"Se sono così grasso, lasciami in pace!" urlo, ma questo non fa altro che spronarli.

"Prendimi se puoi", urlo, scappando come meglio posso verso St. Basil. A quest'ora sicuramente ci sono almeno alcuni turisti stranieri ubriachi che potrebbero essere abbastanza coraggiosi da aiutarmi se vedono la lotta e la lotta che ho intenzione di sopportare. In più posso urlare e mordere con i migliori di loro... spero.

Il dolore mi attraversa la caviglia mentre mi spingo e mi muovo più velocemente che posso. Non sono nemmeno a tre metri dal muro quando prendo un pezzo di ghiaccio nero e cado in avanti, con la faccia a terra.

Il suono degli stivali da uomo da dietro, che scricchiolano nella neve, mi fa capire che si stanno avvicinando rapidamente. Mi aggrappo al ghiaccio sotto di me, cercando qualcosa a cui aggrapparmi per potermi alzare in piedi.

Niente.

All'improvviso sento il mio corpo sollevarsi, gettarsi sulle spalle di uno degli uomini come un sacco di patate, prima che lui dica: "Pagherai per quello che hai fatto, stronza".

Comincio a calciare e dimenarmi più forte che posso prima che la sua altra mano si alzi e mi colpisca proprio sulla testa.

L'uomo ha la corporatura di un carro armato, il suo pugno è una mazza, e mi sento perdere i sensi, subito prima di sentire l'uomo espirare forte e sentire un forte sobbalzo laterale, che mi tiene sveglio qualche secondo in più.

Il suono degli stivali che spezzano le ossa si mescola alle esalazioni forzate dei colpi allo stomaco e poi alla testa.

«Va tutto bene, donna. Nessuno ti farà mai più del male", dice una voce diversa, mentre mi solleva con la stessa facilità del primo uomo, che ora giace in una pozza del suo stesso sangue, a meno di cinquanta metri da San Basilio, che si trova come un faro in lontananza.

"Mettimi giù", urlo, senza intenzione di scambiare un male con un altro.

"Riposati finché il capo non ti parla", dice.

"Chi è il tuo capo?" Chiedo.

Niente.

"Dove mi stai portando?"

"In sicurezza. Ora stai fermo", dice mentre mi spinge nel retro di un'auto calda e oscurata.

Mi sento come se fossi appena stato scambiato da un gruppo criminale a un altro, ma sono completamente prosciugato di ogni energia quando sento le porte chiudersi su entrambi i lati.

"Voglio solo andare a casa," riesco a sussurrare, appena sopra un sussurro, mentre la mia mente inizia a scivolare nell'abisso. Ovviamente ho le allucinazioni perché non ho più una casa, e non ce l'ho da due settimane.

Che sia dannato se mi rassegno al mio destino. Combatterò questi bastardi non appena... quando... io...

Tutto diventa nero.

CAPITOLO 2

Vittoria

"Ti ho detto cosa è successo", urla.

Non reagisco al suo cambiamento di tono, sfrutto solo l'opportunità di studiare il suo linguaggio del corpo per vedere se sta mentendo. Ci sono donne che cercano di infiltrarsi nelle mie operazioni ogni giorno e io non ne sarò vittima.

Ma una cosa che di sicuro non cadrà è il mio cazzo. Punta dritto verso il cielo, è la prima volta che ricordo di essere stato così dannatamente duro dopo anni. E questo è difficile? Mai.

C'è qualcosa in questa giovane donna che mi fa sconcertare, nonostante quanto mi sforzi di rafforzare la mia determinazione mentre continuo a farle domande.

"Perché non me lo dici di nuovo?" dico. È una tattica comune assicurarsi che non cambi la sua storia, ma non è questo il motivo per cui glielo chiedo. Quei suoi occhi azzurri cristallini sono ipnotici e mi sento attratto magneticamente verso di lei, come se fosse una sirena che mi attira verso la mia distruzione con l'innocenza e l'onestà del suo aspetto.

Non ho mai avuto un tipo, e ancora non lo faccio. Diavolo, non ho nemmeno tempo per una donna. Possiedo e gestisco un'attività di casinò multimiliardaria, lavorando da zero fino a dove sono oggi. Quando ho iniziato, l'abilità più preziosa che ho imparato è stata quella di identificare e individuare i cheat, come i contatori delle carte e le persone che illuminano le slot machine cercando di attivarle in modo che si svuotino.

Ma quando la guardo non riesco nemmeno a contare fino a tre senza perdermi da qualche parte lungo la strada. Come perso nei pensieri di quanto dannatamente vorrei svuotare dentro di lei questo dolore alle palle, riempirla con il mio seme e guardare la sua pancia crescere insieme a mio figlio.

Espira forte, il suo petto si alza e si abbassa sotto quei vestiti leggeri che i miei uomini le hanno trovato addosso, e la coperta che le abbiamo dato e che al momento si è avvolta intorno alle spalle. Le sue braccia stringono forte la coperta, nonostante la temperatura aumentata nel mio ufficio. Ma le sue mani sono all'altezza della vita, il che mette in bella mostra il suo magnifico seno.

La Russia è conosciuta in tutto il mondo come il paese con le donne più belle, ma c'è qualcosa in lei, anche nella terra che produce top model con la stessa facilità con cui le arance crescono sugli alberi in Florida. C'è semplicemente qualcosa di diverso, unico e speciale come nessuno che abbia mai visto prima.

Sono circondato da donne tutto il giorno al casinò. Donne che mettono in chiaro che sono disponibili per me secondo il mio capriccio, a mia completa disposizione, ma non partecipo mai. Semplicemente non sono interessato a ciò che hanno da offrire. Ma lei? Non mi ha offerto nulla e io sono interessato a tutto... ogni singola curva di quel suo corpo succulento.

"Eccoci, ancora una volta dall'alto", inizia con una grinta a cui non sono abituata, e che mi sta rapidamente facendo impazzire per lei. Se sapesse con chi sta parlando, mi parlerebbe in questo modo? È sempre spericolata o sa almeno che il destino della sua esistenza è in bilico in questo momento?

Poi di nuovo, non è vero. Se fosse un uomo, sì. Ma non metterei mai nemmeno un dito su una donna, e tanto meno ne farei del male. È un dato di fatto non sono solo i miliardi di euro che guadagniamo ogni anno nei nostri casinò a rendermi orgoglioso, sono anche le donne che ho aiutato a togliersi dalla strada e a cui ho dato lavoro.

Lavori molto ben retribuiti, spesso nonostante la mancanza di quelle che la maggior parte dei responsabili delle assunzioni considererebbe competenze occupabili.

Ma non vorrei che andasse diversamente, soprattutto considerando che mia madre ha vissuto per strada finché non mi ha avuto, e poi è morta poco dopo per mano di un magnaccia. Non sono nemmeno persone spregevoli, perché la sporcizia che decide di vendere gli altri non è nemmeno gente. Meritano di morire, e io e la mia famiglia Bratva facciamo sicuramente la mia parte quando ci imbattiamo in tale feccia.

"Mio padre è morto. Dato che ho solo diciotto anni, non ho soldi per il college e nessuno che mi aiuti a tenermi un tetto sopra la testa, le mie opzioni erano limitate. Ho trovato un annuncio online che offriva buoni soldi per servizi di tata e domestica per ricchi oligarchi in Russia. Sembrava legittimo, quindi mi sono iscritta, ho fatto un colloquio su Skype con una donna niente meno, e poi ho accettato un biglietto aereo per Mosca per fare la domestica.

Annuisco, non fidandomi della mia voce in questo momento.

"Il primo segno che le cose andavano male è stato che la donna, che aveva promesso di incontrarmi all'aeroporto, non era lì. C'erano un paio di ragazzi che avevano un cartello con il mio nome sopra e conoscevano tutte le informazioni su Tatiana, che mi ha intervistato, quindi tutto sembrava legittimo. Sembravano anche abbastanza amichevoli, almeno per gli standard russi".

Oh, voglio fare amicizia con te, va bene, volpe artica, tu. Ma la mia testa scatta indietro, mentre cerco di concentrarmi. Questa potrebbe ancora essere una trappola a forma di vaso di miele, e dannazione se me la lascio sfuggire.

"Perché una donna dovrebbe scegliere di essere una domestica piuttosto che una tata?"

"Non sono bravo con le persone. Adoro i bambini e tutto il resto, ma ho pensato che se avessi pulito tutto il giorno avrei potuto mettermi le cuffie o qualcosa del genere e stare nel mio piccolo mondo. Potrei ottenere i miei soldi nel corso del contratto annuale, e poi riorganizzarmi... usare i soldi per iniziare una nuova vita per me stesso.

Nuova vita per se stessa? Ha bisogno di una nuova vita con me. Scuoto la testa da un lato all'altro, cercando di liberarmi.

"Va tutto bene?"

"Continua", dico con il tono più autorevole che riesco a trovare in questo momento.

"Mi portano in questa grande casa e mi emoziono... fino a quando praticamente non mi gettano in una stanza e iniziano a indicarmi e a parlare."

"Cosa stavano dicendo?"

"Che hanno sprecato i soldi per il biglietto aereo perché nessuno avrebbe voluto fare sesso con una ragazza robusta come me. Che mi sarebbe costato una fortuna nutrirmi. Cose cattive del genere."

Sento i miei pugni stringersi mentre i miei denti digrignano l'uno contro l'altro. Voglio mettere il pugno in faccia a quei pezzi di merda che le hanno parlato in questo modo. Per non parlare del fatto che sono così dannatamente stupidi da avere una gemma assolutamente unica nel suo genere, un diamante, proprio di fronte a loro e nessuno dei due è stato abbastanza intelligente da sposarla immediatamente.

La loro perdita. Ma li darò la caccia e gli farò pagare comunque.

Abbiamo degli emarginati magri che servono drink al casinò 24 ore su 24, 7 giorni su 7. Sebbene quel tipo di corpo possa essere apprezzato in passerella, non mi ha mai attratto. Voglio una vera donna, una donna che possa resistere ai freddi inverni della Russia e schiaffeggiarli in faccia... proprio come i miei uomini hanno detto che non era letteralmente due ore fa. Questa donna è una dura, una poliziotta e il tipo di donna che sopravvive in un paese libero per tutti come questo.

"E poi cosa è successo?"

"Ho detto loro che volevo tornare a casa. Ho detto loro che avrei ripagato il biglietto, qualsiasi cosa, ma si sono rifiutati". I suoi occhi iniziano a riempirsi di lacrime, ma irrigidisce la mascella. "E poi è entrato un uomo, guardandomi come un pezzo di carne appeso alla finestra. Stava indicando e dicendo cose e poi i due uomini sono entrati e hanno detto: "Andiamo", dapprima trascinandomi fuori finché non ho capito che dovevo diventare intelligente, non arrabbiarmi.

Dannazione, una donna che riesce a controllare le proprie emozioni in un momento come quello è più una russa gelida e calcolatrice di quelle ritratte in quegli sciocchi film americani. Lei è un vero affare, e se c'è una cosa che ammiro è l'ingegno, l'intelligenza e la calma di fronte al pericolo.

"Così ho capito cosa stava succedendo allora. Ho detto al ragazzo che volevo fare sesso in pubblico, cosa che lo ha solo eccitato di più. Nel momento in cui siamo scesi dall'auto, gli ho dato una ginocchiata all'inguine e lui mi ha dato uno schiaffo in faccia, mandandomi a terra.

Ma questo si è rivelato solo una buona cosa per me perché mi ha dato un tiro libero alle sue palle e ho calciato più forte che potevo. Ho cominciato a correre, ma lui mi ha travolto con un calcio e sono caduto forte su entrambe le ginocchia, ma mi sono rialzato e ho continuato ad andare mentre lui si rotolava nella neve imprecando.

"In inglese?"

"Sì, parlavano tutti in inglese, cosa che non capivo bene, ma avevano tutti un forte accento russo".

"E poi i miei uomini ti hanno trovato?"

"SÌ."

"Dove stavi andando? Come speravi di scappare?"

"Mio padre aveva un amico anni fa, uno studente di scambio quando era bambino, ed era russo. Tutto quello che sapevo era il suo nome e che viveva vicino a San Basilio.

"E pensavi di poterlo trovare in qualche modo?"

"Non avevo altre opzioni."

Il mio corpo mi sta dicendo che l'unica opzione che ho in questo momento è renderla mia. La paranoia che ho sviluppato a causa del mondo in cui vivo continua a dirmi che questa è una trappola, nonostante tutto quello che ho visto e sentito fino a questo punto.

"Come si chiama quest'uomo?"

"Vittoria. Vittoria Mugnaio."

Tutto il mio corpo diventa insensibile e allungo lentamente le mani, trovando il piano della scrivania e ritrovando l'equilibrio.

Vedo due dei miei uomini infilare le mani nei loro abiti quando viene menzionato il mio nome. Scuoto leggermente la testa e le loro mani si allontanano.

"E come si chiama tuo padre?"

"Kurt Kelly."

Sentire il nome di quest'uomo dopo tutti questi anni riporta alla mente tanti ricordi. Ed è solo allora che noto subito la somiglianza.

"Tuo padre è morto?"

Lei annuisce e mi sento una merda per aver tirato fuori l'argomento.

Infilo una mano nel cassetto della scrivania, sfogliando le immagini sparse che ho lì, stampate su vecchia carta Kodak. Solo vedere il nome del marchio, Kodak, mi ricorda il mio tempo nel paese in cui tutto era possibile senza la necessità di mentire, imbrogliare, rubare e corrompere, come sembra oggi in questo paese. In qualche modo sono riuscito a evitare uno qualsiasi di questi tre peccati, ma la maggior parte non riesce a resistere all'impulso, soprattutto quando si tratta di un'epidemia della nostra cultura.

Tiro fuori la foto e la tengo davanti al petto.

"Papà", sussurra in silenzio. I suoi occhi si alzano per incontrare i miei. "Vuoi dire che sei...?"

Annuisco.

"Non sei più solo..."

"Terry", dice, e solo allora mi sono reso conto di non averle mai chiesto il suo nome.

"Terry. Tuo padre mi ha accolto e mi ha trattato come uno di famiglia. Sono la tua famiglia adesso e sei al sicuro. E vorrei mai mettere su famiglia con te a partire da adesso. Ho appena mentito dicendo che è al sicuro, perché chiaramente non è al sicuro con me intorno.

Mi sento come un orso bruno della Kamchatka, pronto ad attaccare chiunque o qualunque cosa mi impedisca di divorarla, come un salmone fresco che nuota controcorrente per deporre le uova. Oh, si accoppierà benissimo. Le riempirò la pancia con il mio seme ancora e ancora e ancora.

Per la prima volta nella mia vita questa sensazione mi travolge e so cos'è la vita. L'idea estremamente comune e popolare dell'orgoglio del figlio primogenito non ha mai avuto senso per me... fino ad ora.

Tutte le preoccupazioni che avevo che fosse una sorta di trappola sono cadute di lato, le mie spalle si sono rilassate e tutto ciò che voglio fare è avvolgere questa donna in un grande abbraccio da orso e farle sapere che è al sicuro ora... per sempre. E mio.

"Hai avuto una giornata lunga. Ti portiamo nella tua stanza, ti facciamo un bagno, del cibo e ti permettiamo di dormire.

Uno dei miei uomini si fa avanti, pronto a eseguire i miei ordini.

"No, Sergio. Lo farò. È mia responsabilità, in tutti i sensi.

Sergiu si tira leggermente indietro, scioccato dalle mie parole.

"Esatto", ripeto. "Lei è mia."

CAPITOLO 3

Vittoria

Ventiquattr'ore dopo

Alzo i piedi sulla scrivania e mi appoggio allo schienale della sedia Aeron, facendomi scorrere la mano dietro la nuca.

Sono trascorse ventiquattr'ore da alloraTerry è entrata nella mia vita, e non esiste alcuna possibilità che io la lasci uscire.

È quell'ora tranquilla del mattino, le tre del mattino, quando la maggior parte delle persone normali dorme. Non sono normale e quello che provo per lei è tutt'altro che normale.

Guardo gli appunti davanti a me. Sono una fusione del numero di targa che abbiamo estratto dalle telecamere di sicurezza, delle informazioni che i miei amici alla stazione di polizia mi hanno passato su questa organizzazione e di una cicatrice distintiva che il leader di questa squadra ha lungo tutto il collo.

E lei. Il mio miglior tentativo di disegnarla. Non sono mai stato bravo a disegnare e la mia calligrafia è assolutamente atroce, ma quando inconsciamente la disegno sembra semplicemente giusta. È così dannatamente bello che è come se potessi vincere un premio per questo. Perché? Perché non sono mai stato così concentrato su qualcosa in tutta la mia vita. La curva dei suoi fianchi. Il suo seno ampio. Quello sguardo di innocenza che è scritto sul suo viso e l'ingenuità giovanile che l'ha portata in questo pasticcio. E dannazione se non riuscirò a sistemare le cose per lei, per noi.

Normalmente a quest'ora della notte farei le valigie, le sedici e più ore al giorno mi risucchiano la vita. Ma non stamattina. Ero pieno di energia. Elettrico. È stato come il giorno in cui ho aperto i miei casinò anni fa. Questo tipo di eccitazione, ma anche di più.

Perché non importa quanti miliardi di dollari fluissero attraverso le nostre porte e nelle nostre tasche, all'improvviso tutto era inutile senza lei con cui condividerli.

L'idea di innamorarmi di una donna mi sarebbe sembrata assolutamente ridicola solo ventiquattr'ore fa, finché non è stata portata alla mia porta.

Resto in piedi, guardo fuori dalla finestra e guardo la nevicata. Devo essere paziente. Dopo il lungo volo e la dura prova immediata ha bisogno di dormire, di riprendersi.

Sento dei passi e mi giro, vedendo Sergiu fermo sulla soglia.

«Sta ancora dormendo?»

"Penso, capo. Non sono entrato nella sua stanza come mi avevi chiesto, ma la porta non si è aperta."

"Bene", dico, sapendo che nemmeno lei potrebbe scappare dalla finestra. Sta riposando pacificamente, come dovrebbe sempre durante il mio turno di guardia, sotto il mio tetto.

"Vuoi che vada nella sua stanza a una certa ora se non è uscita?"

"NO!" ribatto bruscamente. "Lei è mia. Nessuno la tocca e nemmeno la guarda.

Sergio fa un passo indietro. Non ho bisogno di essere aggressiva con lui da non so quanto tempo, ma il mio lato possessivo divampa immediatamente ogni volta che il pensiero di un altro uomo al suo fianco, che fa per lei cose che farò io, attraversa la mia mente.

"Assicurati che tutti lo sappiano", dico in tono piatto, cercando di calmarmi. "È tutto per oggi."

"Sì, capo", dice Sergiu, gira sui tacchi e se ne va in un attimo.

Torno alla finestra, incapace di credere che suo padre sia morto. Non eravamo rimasti veramente in contatto, ma eravamo comunque vicini, il risultato del legame che avevamo da ragazzi, da giovani uomini.

E ora sua figlia in qualche modo è finita qui, come se il destino fosse affidato alle mie cure. Adesso è una giovane donna. E la farò mia. La mia donna.

Sento dei passi per la seconda volta, ma questi sono molto più leggeri. Non mi giro, ma restringo lo sguardo allo specchio, cambiando la mia visuale dall'esterno, dove la neve cade sulla mia città, al riflesso, dove la vedo in piedi sulla soglia con una maglietta bianca e pantaloncini.

"Sei sveglio," dico, incapace di girarmi mentre il mio cazzo prende immediatamente vita. Porto le mani davanti all'inguine, tenendole a coppa, cercando di nascondere il bisogno che è meglio strappare il tessuto italiano dei pantaloni del mio completo.

Mi giro, guardandola, e quasi perdo il fiato mentre lei si strofina gli occhi con il dorso delle mani.

Anche appena alzata dal letto e senza un filo di trucco, è la donna più bella che abbia mai visto. La vista di lei così fresca, così innocente, provoca un ringhio basso che proviene dal profondo del mio ventre. Domani, e per il resto della mia vita, voglio svegliarmi accanto a lei. Voglio vederla così, con lo sguardo di pace diffuso sul suo viso. Uno sguardo che so di poterle offrire per l'eternità.

"Il mio orologio biologico è spento, ma ho dormito molto bene."

"Bene", dico.

"Una volta che ho saputo che conoscevi mio padre, sono riuscito a rilassarmi."

"Qui sarai sempre rilassata," dico facendo un passo verso di lei.

"Grazie, ma farò del mio meglio per togliermi dai piedi il prima possibile."

"Toglimi i capelli," dico, avvicinandomi ancora di più al punto in cui la mia mano si alza e si ferma appena prima dei suoi bellissimi riccioli castani con le punte chiare.

Il mio uccello si contrae e il mio avambraccio si tende, il mio corpo mi chiede di affondare le mani tra i suoi capelli e di avvicinare la sua bocca alla mia.

Ma non posso, non ancora. Non obbligherei mai una donna a soddisfare i miei capricci, anche se ci vuole la forza di volontà di un migliaio di soldati Spetsnaz russi per trattenermi.

I suoi occhi si spalancano mentre mi guarda negli occhi, la sorpresa mi attraversa il viso.

"Ho qualcosa tra i capelli?" dice con una voce molto più dolce.

All'inizio non rispondo e alla fine do la risposta con una sola parola per cui i russi sono famosi. "NO."

Il suo viso diventa rosso e dannatamente sembra adorabile. Adorabile? Quella parola non mi era mai passata per la mente prima di questo momento della mia vita. Per l'amor di Pete, sto parlando come un cucciolo innamorato.

Accidenti, come vorrei dirle come mi sento, come mi appartiene, ma è troppo presto. Se fossi sincero con lei adesso, la spaventerei al punto che tremerebbe, correndo verso l'aeroporto più velocemente di Usain Bolt.

Calmati, ragazzo, mi dico.

"Detesto chiederti un altro favore, soprattutto dopo tutto quello che tu e i tuoi uomini avete fatto, ma forse potresti prestarmi i soldi per un volo di ritorno negli Stati Uniti?"

"No", dico, mentre la mia faccia si trasforma in un ringhio.

All'improvviso fa un passo indietro, la paura emerge dalla mia reazione. Non è per il motivo che pensa lei, però. Non sono i soldi, è il pensiero che lei non sia nella mia vita che mi sta facendo impazzire. Il solo pensiero mi basta per chiedere al nostro team online di hackerare la dannata torre di controllo dell'aeroporto di Mosca e di bloccare tutti i voli in modo che lei non possa scappare.

"Prometto che troverò un lavoro non appena atterrerò e ti ripagherò il prima possibile. Farò qualsiasi lavoro per soldi.

"Non farai nessun lavoro per soldi. In effetti, quanto ti ha offerto quella posizione online?

"Quello che mi ha portato qui?"

Annuisco.

"Era tutto compreso, il che significava che sarei rimasto con la famiglia per cui facevo le pulizie, avrei mangiato gratis e tutto il resto, e avrei avuto duemila dollari al mese di stipendio." Fa una pausa. "Ripensandoci adesso, vedo che era troppo bello per essere vero."

"Non è colpa tua", dico, abbassando finalmente la mano. "E Mosca è una delle città più costose del mondo, ancor più di posti come New York. Duemila liberi e liberi non vanno così lontano come potresti pensare, almeno non qui.

"Avrei dovuto studiarlo meglio."

"Hai fatto tutto quello che potevi in base al tempo che avevi a disposizione e al fatto che avevi bisogno di un lavoro velocemente."

Lei annuisce, guardandomi con quegli occhi involontari da cucciolo e per poco non mi sciolgo.

"Ti pagherò il doppio."

"Doppio? Non sono abbastanza abile per meritare quel tipo di denaro.

"Allora lavorerai più ore così sentirai che i soldi sono meritati", mento tra i denti. Non farò lavorare sodo la mia donna, le darò solo uno scopo e la voce che spargerà la voce che ora fa parte della nostra squadra, così mentre la farò avanzare rapidamente, avrà il rispetto necessario degli altri membri del mio staff.

Per quanto potrei nominarla in una posizione ancora migliore e pretendere che sia trattata con rispetto, conosco la natura umana. Ho bisogno che lei abbia quel rispetto da parte degli altri perché devo avere vent'anni più di lei, e un giorno, quando sarò morto e sepolto, tutto questo sarà suo.

Certo, i nostri figli saranno qui per proteggerla e vegliare su di lei, ma ho piani ancora più grandi per lei. È tempo di trasformare questo impero che ho creato in un regno moderno, con lei come mia regina.

"Solo se vengo pagato meno, perché sono l'ultimo sul totem. Voglio guadagnarmi da vivere". Fa una pausa. «E giusto il tempo necessario per avere abbastanza soldi per comprare un biglietto e pagare un deposito per un posto negli Stati Uniti. Poi me ne andrò."

"Penso che troverai la Russia molto di tuo gradimento... ma ne possiamo discutere più tardi."

"Accetto", dice, gettando via la mano.

Allungo la mano, nel momento in cui la mia mano avvolge completamente la sua, una scarica di elettricità mi attraversa mentre la pelle del suo minuscolo palmo incontra la mia.

Mi blocco e anche lei, finché alla fine mi riprendo e ci stringo la mano, il suo braccio ancora congelato.

"Quale sarà il mio lavoro?" chiede, la mia mano non è pronta a lasciare andare la sua.

"Una cameriera... proprio come ti sei iscritto quando sei salito su quel volo."

"Bene. È quello che voglio. Inoltre sarà interessante lavorare in un casinò".

"Oh, non lavorerai nel casinò", dico al punto da sembrare quasi minaccioso. Calmati, Vittoria. Calmati.

"Dove lavorerò allora?"

"Lavorerai... per me."

CAPITOLO 4

Terry

Questo è folle. Dovrei scappare. Dovrei voltarmi e correre all'aeroporto. Non passare il Go. Non raccogliere duecento dollari.

Ma correre dove? E con quali soldi?

C'è semplicemente qualcosa in meritoVittoria questo mi attira. La sua grande corporatura. Le sue spalle larghe. Quel rigonfiamento nei pantaloni del completo che non pensava avessi notato.

Oh, l'ho notato, eccome. Come potrei perderlo?

E che succedeva nel modo in cui mi metteva la mano tra i capelli, fermandosi di colpo e lasciandola lì solo per tirarsi indietro molto, molto più tardi?

Era quasi come se stesse decidendo se voleva accarezzarmi come un gatto o divorarmi come un leone.

Attraversiamo il piano del casinò verso l'area dei dipendenti. Non è passata un'ora da quando mi ha offerto il posto e ora eccomi qui, fatto la doccia e pronto per iniziare il mio primo giorno, ma non qui al casinò. Ha solo bisogno che io prenda un'uniforme e a quanto pare poi tornerò a casa sua.

Mentre camminiamo per il casinò tutto quello che riesco a vedere è una donna poco vestita con seni che sfidano la gravità e un girovita impossibile dopo l'altro.

Tutti battono gli occhiVittoria, e non pensare nemmeno di notarmi, figuriamoci di salutarmi.

Una delle donne salta letteralmente davanti a noi mentre camminiamo, fermandosi per dire quello che sembra essere un salutoVittoria, mentre gli passa le mani sui risvolti.

"Non devi toccarmi", dice in inglese.

Ma non si arrende così facilmente.

Abbassa il mento e risponde con sottomissione, ma non è necessario conoscere la lingua russa per leggere il linguaggio del suo corpo. Sta cercando di sedurlo.

All'improvviso mi sentoVittoriaLa sua mano nasconde la mia e lui ci manovra intorno a lei.

"Sembrava interessata ad augurarti il buongiorno."

"È solo gelosa."

"Di cosa."

I suoi occhi si spostano da davanti a sé, girandosi rapidamente per incontrare i miei. "Voi."

Il resto del percorso del casinò si divide come il Mar Rosso mentre ci spostiamo rapidamente nella stanza dei dipendenti.

"Tutti fuori", grida nel momento in cui entriamo, e la gente si affretta.

"Ora", dice, espirando forte. "Troviamoti un'uniforme."

Fa un passo indietro e i suoi occhi mi percorrono dalla testa ai piedi, mandandomi un brivido lungo la schiena e la pelle d'oca. Mi guarda come io guarderei il mio cupcake preferito con i confettini. È come se volesse prendermi tutto e ficcarmi in bocca, ingoiarmi intero in un sol boccone. Ma d'altra parte c'è qualcosa nei suoi occhi che dice anche che vuole assaporarmi, come qualcosa di unico, raro e delicato.

Non so cosa pensare di tutta questa situazione e decido di cancellarla semplicemente perché sta facendo un favore a mio padre. Probabilmente gli dispiace comunque per me.

"Ecco", dice, prendendo un completo da cameriera dallo scaffale e poi tirandolo fuori dalla plastica. "Prova questo. È nuovo di zecca. Fa una pausa. "Basta che bussi quando hai finito e tornerò dentro."

"Posso uscire."

"Non voglio che nessun altro ti veda."

Stringo le labbra e cerco di non sembrare agitata. Fantastico, non mi adatto allo stampo delle sue hostess di casinò da cinque piedi e nove centoquindici sterline che sembrano uscite da un club di Playboy.

Si fa vedere e io cerco le telecamere. Sicuramente un casinò come questo li ha ovunque, giusto? E sicuramente non potrò vederli.

Alzo le spalle e dico: "Che diamine", sottovoce. Non è che ci sarà una grande richiesta di foto di me in mutande in qualsiasi angolo di Internet a breve.

Mi tolgo i vestiti che mi ha prestato e faccio del mio meglio per infilarmi l'abito da cameriera.

È chiaramente più grande degli abiti da hostess o di tutti gli abiti da cameriera che ho visto addosso alle ragazze che abbiamo incrociato passeggiando per il casinò.

Mi sposto verso lo specchio e tiro fuori l'etichetta. Taglia sedici! Non c'è da stupirsi che non riesca a respirare.

Mi serve un diciotto anni, e per di più un diciotto americano.

Allontanandomi dallo specchio posso vedere che ogni curva è chiaramente delineata, le mie tette sono quasi pronte per uscire allo scoperto e il mio culo sembra enorme. Sono sicuro che ogni ragazza probabilmente pensa questo quando prova quasi tutti i vestiti aderenti, ma questo è reale. Sto seriamente lottando qui.

Mi sposto sullo scaffale e frugo ciò che c'è. "Vai a capire," mormoro. Questa è facilmente l'uniforme più grande rimasta.

Non sono nella posizione di guardare in bocca un cavallo donato, quindi mi avvicino alla porta e mi preparo a bussare tre volte. Ma nel momento in cui la mia mano dà il primo tocco, lui la apre, fissandomi dall'altra parte.

Se prima i suoi occhi scrutavano il mio corpo, allora mi sta davvero dando una volta di più adesso... fallo due volte... e poi tre volte.

"Sembri..." dice, scuotendo la testa mentre arriccia le labbra come se si stesse preparando a mangiare.

"Grasso in questa uniforme. Ecco come appaio."

"Fottutamente fantastico è il tuo aspetto. Ora rimettiti i tuoi vestiti e andiamo via di qui."

"Cambia indietro? Sai quanto è stato difficile infilarsi in questa situazione?"

"Non attraverserai il pavimento del casinò, affinché tutti possano vederlo, con quel vestito."

"Oh, scusa", dico in modo più che sarcastico. "Non vorrei rovinare l'immagine del marchio del tuo fantastico casinò, o Dio non voglia che la tua reputazione."

Mi osserva con curiosità, inclinando la testa di lato.

"È questo che pensi?"

"Cosa penso? Pensi che io sia cieco? Pensi che non possa fare due più due e ottenere quattro?"

"Pensi che a causa di quelle altre donne..."

"Che non vuoi essere visto con qualcuno come me. SÌ! Questo è esattamente ciò che penso. Grattalo. Non è quello che penso, è quello che so".

Le sue braccia si allungano, afferrando saldamente i lati delle mie braccia, ma non abbastanza da spaventarmi del tutto.

Ho paura e sono nervoso per quello che succederà dopo. E sorprendentemente... acceso.

La sua posizione dominante mi spaventa e mi eccita allo stesso tempo, e sento le mie mutandine inumidirsi mentre lui mi fissa, preparandosi a dire qualcosa di importante.

"Quelle donne là fuori non sono altro che pedine. Scelgono di vestirsi in quel modo perché ricevono mance più consistenti dagli uomini qui." Fa una pausa. "Possono indossare quello che vogliono, ma scelgono di indossare quel particolare outfit. Ordinano tutti dallo stesso posto. Tutto quello che chiedo è che siano più o meno uniformi. Tu... tu sei diverso. Sei speciale."

"Si, come no." Non ne sono ancora del tutto convinto.

"Sai cosa darei per una vera donna? Uno che posso portare a cena senza mettere in imbarazzo me e il padrone di casa beccando il suo cibo come un uccello? Cosa darei per una donna con un cervello? Come mi farebbe sentire poter passare all'inglese con lei ogni volta che voglio e tutte quelle orecchie che ascoltano costantemente vengono immediatamente escluse dalla conversazione, per non parlare di buttarle giù perché tutti conosciamo la cosa più attraente la qualità è intelligenza. E hai intelligenza e aspetto a palate.

"Oh, davvero?"

«Ho fatto delle ricerche sugli uomini che ti hanno rapito. Sono delinquenti di basso livello, ma apparentemente crescono rapidamente, motivo per cui non ne ho mai sentito parlare. Sai quante donne sono fuggite da lì?"

Aspetta, costringendomi a rispondere. "Non lo so."

"Nessuno lo fa, perché nessuno lo ha mai fatto, fino a te. E nessuno sa nemmeno che sei scappato. Non hanno contattato nessun altro gruppo criminale organizzato per trovarti. Probabilmente sono imbarazzati e spaventati.

"Bene, perché è così che mi hanno fatto sentire."

Posso vederlo fisicamente infuriarsi, una vena nel collo che pulsa e la mascella così indurita che potresti tagliare il vetro con la mascella o il mento. "E otterrò la vendetta che meriti, e libererò tutte le donne che hanno sotto il loro controllo in questo momento." Fa una pausa.

"Ma torniamo al punto in questione. Sei stato abbastanza intelligente e abbastanza resistente da scappare. Aggiungilo al fatto che sei giovane, bella e incredibilmente resistente.

Diavolo, sei bellissima senza nemmeno provarci e non lo sai nemmeno. Cos'è quella canzone americana?» riflette. "Non sa di essere bella? È stato fatto e rifatto più volte di quanto possa ricordare, e perché? Perché questa è la fantasia di ogni uomo, non importa la sua origine, nazionalità, colore, cosa hai. Una bella donna senza attitudine è una cosa rara al giorno d'oggi."

"Beh, potrei non avere un atteggiamento, ma sono tutt'altro che bello."

"È questo che pensi?" chiede, riducendo ancora di più la distanza tra noi.

Annuisco con la testa, incerta su cosa abbia intenzione di fare dopo.

"Sono il capo da queste parti e quello che dico va fuori discussione. Io dico che sei bella, quindi sei bella.

Sento le mie guance avvampare e gran parte di me vuole credere alle sue parole. Quando lo guardo negli occhi e scruto il suo viso, sembra sempre autentico, compreso adesso.

«Ma dire è una cosa», riprende. "Dimostrarlo con i fatti è un'altra."

"Come puoi dimostrarlo con i fatti?"

"Proprio così", dice, e mi attira a sé, le sue labbra si infrangono sulle mie.

CAPITOLO 5

Vittoria

«Assicurati che tutti nel casinò sappiano che lei è mia, che sono occupato. Non ho più bisogno di incidenti come quello accaduto un'ora fa".

"Sì, signore", mi arriva dal telefono e faccio clic sul pulsante Fine.

Alzando lo sguardo sul mio computer vedoTerry entra nel mio ufficio vestita da cameriera. Ogni grammo di me si irrigidisce, una sensazione lancinante mi scorre nelle vene. Il mio cazzo si eccita immediatamente guardandola con quel vestito che abbraccia le curve e le fantasie mi riempiono immediatamente il cervello.

"Noi", comincio, ma ho la bocca troppo secca. Deglutisco, cercando di mettere un po' di saliva in bocca per poter almeno parlare. "Dobbiamo ordinarti dei vestiti per quando non lavori."

"Va bene. Posso semplicemente lavare quello che ho."

"Hai solo un vestito, più il tuo vestito da lavoro. Questo non lo taglierà.

"Va bene. Veramente."

Tutto quello che è e anche poca manutenzione? Come fa questa donna a non ricevere proposte di matrimonio di ora in ora, di minuto in minuto?

"Ascolta tesoro, non è così che funzionano le cose da queste parti. Quello che dico va bene» dico, appoggiandomi allo schienale della sedia.

Passa un attimo e mi aspetto di vedere la paura nei suoi occhi ma all'improvviso scoppia a ridere. Lei ride di me nel mio ufficio. Lo stesso ufficio in cui ho costretto uomini adulti a bagnarsi e a volte ho persino versato sangue. Non sono sicuro di essere assolutamente sconvolto da questo, trovandolo incredibilmente sconsiderato e insensibile, o lo trovo incredibilmente rinfrescante e una grande svolta. In tutta onestà, più di quest'ultimo.

"Vieni qui", le chiedo, avvicinandole il dorso della mano e facendole cenno di avvicinarsi con quattro dita.

Resta ferma un attimo e poi si avvicina. "Più vicino", l'ho incitata, e lei si è spostata dietro la mia scrivania, guardandomi come se l'aria qui dietro fosse diversa, se varcando la soglia della mia scrivania entrasse nella tana dell'orso.

Ma lei viene.

"Scegli quello che preferisci", dico con orgoglio, facendole sapere che posso provvedere a lei in tutti i modi.

"Non mi serve molto", dice, aggiungendo solo qualche maglietta e pantaloni al carrello, e poi una giacca.

Faccio rapidamente clic su alcuni bei vestiti, un paio di tacchi, un pigiama, quindi clicco sulla pagina del reggiseno e delle mutandine, selezionando alcuni articoli e sfruttando l'opportunità per far scorrere lo sguardo sul suo corpo.

Lei ride. "Sai qualcosa riguardo alle taglie da donna?"

"No", confesso, con un sorrisetto che mi copre il viso. Sono completamente all'oscuro.

"Perché hai scelto la taglia uno per me in tutto quello che hai messo nel carrello?"

"Perché sei unico nel suo genere."

Si tira indietro, esamina la mia sincerità e fa una pausa. "Grazie. Non ricordo che nessuno abbia mai detto qualcosa di così carino su di me.

"Sei uscito con le persone sbagliate. Sei con me adesso, quindi è meglio che ti abitui."

"È una minaccia?" scherza lei.

"È una promessa", le rispondo.

Si sporge in avanti e clicca sul pulsante del carrello per cambiare taglia, ma l'unica taglia che mi preoccupa è far scorrere il mio grosso cazzo attraverso la sua scollatura, che è pericolosamente vicina a sfiorarmi il dorso della mano.

Fanculo! Se giro la mano potrei stringerle le tette, attirarla a me e violentarla proprio qui e ora.

Il nostro bacio al casinò persiste nell'aria, ma nessuno di noi due ne parla. Si è decisamente rilassata però. È giocosa e quasi arrogante, e mi piace sempre, dannatamente.

"È più che sufficiente. Grazie. Inizierò a pulire adesso se solo puoi dirmi dove sono lo spolverino e le provviste. "

"Sul ripiano più alto, proprio laggiù in quell'armadio", dico, indicando una parete laterale che ha una porta invisibile che si apre quando la premi.

"Quale gabinetto?"

"Premi contro il muro e vedrai."

La guardo avvicinarsi, notando che i suoi fianchi oscillano molto di più rispetto al casinò.

Immagino che le mie mani la afferrino per la vita mentre la colpisco da dietro, riempiendola del mio seme, riprodundosi con lei, creando una famiglia con lei. Per sempre.

C'è semplicemente una sorta di angoscia che è più grande di quella che potresti trovare in una storia di Anton Chekhov che mi tormenta il cervello in questo momento. Quella tragedia russa che è così diffusa nella nostra cultura. Qualcosa nel vederla, ma non poterla toccare. Non è giusto.

"Abbastanza elegante", dice quando il muro si apre.

"Ho tutti i tipi di sorprese che non hai ancora visto."

"Terrò gli occhi aperti", dice, poco prima di andare in punta di piedi per prendere ciò di cui ha bisogno.

Il modo in cui appare il suo corpo quando i suoi polpacci sono flessi e la parte inferiore dell'uniforme da cameriera francese si solleva, dannatamente vicino a esporre la piega inferiore del suo culo, mi fa sentire completamente territoriale nei suoi confronti. Sarei l'uomo più arrabbiato del mondo se lei stesse facendo una cosa del genere al casinò e qualcun altro la guardasse... occhi che dovrei strappare a mani nude.

Afferra ciò di cui ha bisogno e torna giù col piede piatto. "Questa uniforme è troppo stretta."

No, mi stai facendo stringere le palle e sono pericolosamente vicino a rovesciarmi il seme nei pantaloni come un adolescente arrapato.

"È giusto", dico. Come può essere sbagliato quando è attaccato a lei? Non può. Non potrà mai.

Giocherello con il carrello della spesa online mentre la guardo con la coda dell'occhio mentre pulisce. Non so se sono un falco che caccia la sua preda o solo un inquietante stalker che cerca di evitare di essere scoperto. In ogni caso, se non avesse già notato il mio bisogno di lei nei pantaloni quando è arrivata dietro la mia scrivania, lo farebbe sicuramente ora se mi alzo, cosa che non sta succedendo in questo momento.

Il mio inguine pulsa di dolore, di bisogno per lei.

Guardo il suo fantastico corpo contorcersi e rigirarsi mentre si pulisce con un senso di orgoglio. Lei dovrebbe. Tutto questo sarà suo per metà... presto, molto presto.

Va a spolverare una statua e il braccio afferra il suo piumino e questo cade a terra. Lei si china per recuperarlo e nella mia mente si scatena l'inferno quando vedo il suo culo, la pesca succosa che è, proprio nel mio campo visivo. È come se quel vestito fosse stato creato apposta per lei, e in qualche modo rende il suo fondoschiena perfetto ancora più perfetto, se possibile.

Il mio uccello si contrae e ci metto sopra il palmo sotto la scrivania, cercando di controllare quello stronzo. L'ultima cosa di cui ho bisogno in questo momento è che lei mi guardi cercando di controllare la selvaggia erezione nei miei pantaloni.

Si gira a guardarmi, quasi cogliendomi sul fatto, stringendo lo sguardo.

"Pensi che io sia una specie di cattivo ragazzo. Lo vedo dal modo in cui mi guardi."

Lei non risponde.

"Non è questo ciò di cui mi occupo. Sono un uomo d'affari che prende decisioni che hanno un impatto sulla vita delle persone". Faccio una pausa. "Quelle donne al casinò? Erano tutti vittime della tratta, proprio come te. Li abbiamo riportati da luoghi come Dubai, Singapore e persino New York e abbiamo dato loro una nuova vita qui. Molti di loro indossano quegli abiti succinti perché è tutto ciò che sanno dopo essere stati trattati per anni in un modo in cui nessun essere umano dovrebbe essere trattato.

È un destino che nessuno dovrebbe affrontare e mi fa incazzare fino alla fine". Mi fermo di nuovo, sentendo il mio battito aumentare mentre le punte delle mie dita sfregano contro i palmi. "Lo fanno perché ricevono più mance, ma ciò di cui hanno veramente bisogno è più tempo con te."

"Attorno a me?"

"Esattamente."

"Cosa diavolo potrei fare per loro?"

"Pensano che quegli uomini li vogliano solo per il loro corpo, ma si sbagliano. Mancano il quadro generale. Quegli uomini sono soli e desiderano battute giocose più di ogni altra cosa. Una donna che mette tutto in mostra non piace a nessun uomo che conosco.

"Impossibile."

"È controintuitivo, ma è vero. Ciò che un uomo vuole veramente, ciò che lo rende davvero vivo, è il tira e molla con una donna spiritosa che sa cosa vuole.

"Non sono così sicuro."

"Oh, lo sono."

Mi ispeziona con quei baby blues. "Perché vorresti dirlo?"

"Perché per tutta la mia vita ho avuto quelle donne che si sono scagliate contro di me e nemmeno una volta, nemmeno per un solo momento, ho pensato di accettare le loro offerte, qualunque cosa queste potessero comportare."

"Ma quello sei tu. Hai bisogno di una sfida.

"Hai ragione solo a metà."

"Oh, ho ragione."

"Hai ragione, va bene," dico, alzandomi e non me ne frega più niente del fatto che lei veda quello che mi fa, il bisogno che nasce in me. "Sei esattamente la persona giusta per me e sei la sfida di una vita."

"Sei solo curioso perché sono diverso."

"Non sei solo diversa," dico avvicinandomi a lei. "Sei unico nel suo genere ed è ora che ti mostri cosa significa."

CAPITOLO 6

Terry

Alzo lo sguardoVittoria, la luce proveniente dalla finestra gettava un'ombra sulla sua mascella squadrata. Posso immaginare il suo viso e il suo corpo scolpiti ed esposti all'Hermitage a San Pietroburgo... eppure dice che mi vuole?

Anche a quest'ora mattutina ha l'ombra delle cinque e uno sguardo nei suoi occhi che mi fa chiedermi se ha dormito del tutto la notte scorsa, o se era sveglio a pensare a me?

Posso immaginare la collottola sulla sua mascella che mi sfiora tra le cosce, portandomi a un punto in cui non sono mai stato prima. Non vedevo l'ora di far scorrere le mie mani sul suo viso, volevo sentire la sua ruvida mascolinità nelle mie mani morbide.

Anche ancora, i suoi capelli neri con alcune striature grigie sono perfettamente, ma con nonchalance, raccolti di lato, accentuando solo i suoi lineamenti sorprendenti.

E nonostante fosse un uomo, un vero uomo, le sue labbra erano carnose e baciabili, e la mia mente correva con tutte le cose che avrebbe potuto farmi con quelle labbra e con la sua lingua, mentre quella collottola sul suo viso sfiorava l'interno del suo viso. le mie cosce.

Cerco di deglutire, ma ho la bocca secca. Voglio dirgli cosa voglio e cosa ha bisogno di sapere se tutto questo andrà a buon fine, ma le mie corde vocali mi tradiscono.

Sento il mio cuore battere forte contro la cassa toracica, come se un martello colpisse l'acciaio, premuto contro un'incudine. Giuro che poteva sentirlo, perché di sicuro potevo sentirlo.

Tuf, tonfo. Tuf, tonfo. Tuf, tonfo.

Una parte di me lo desiderava così tanto, ma un'altra parte di me si chiedeva come potesse davvero funzionare. Era solo una cosa di una volta... qualcosa che dice a ragazze giovani e ingenue come me? Oppure era reale, come speravo e sentivo.

Semplicemente non volevo mettermi la lana sugli occhi e sentire quel tipo di crepacuore. Non adesso. Non mai.

Posso semplicemente fare il mio lavoro, prendere i miei soldi e tornare negli Stati Uniti, considerandola una situazione folle dalla quale ho avuto la fortuna di sfuggire, con la mia vita.

Oppure posso ricordare le cose belle di cui ha detto papàVittoria. Non parlava molto di lui, ma quando menzionava il suo nome era sempre preceduto da un sorriso genuino e da una sorta di riverenza per un'altra persona che non era comune per mio padre.

Se fosse qui lo desidererebbe tanto quanto me.

Prima che la mia mente abbia il tempo di domandarsi altro, le sue labbra trovano le mie e mi divora avidamente. La voce nella mia testa si calma e mi sciolgo in lui, baciandolo con lo stesso sconsiderato abbandono che mi sta mostrando, facendomi indurire i capezzoli e pulsando il clitoride... e non mi ha nemmeno toccato in nessuno dei due punti... per ora .

Non riuscivo a riprendere fiato, l'aria nella stanza era pesante dell'odore di due animali innamorati, di un'attrazione selvaggia l'uno per l'altro.

"Terry", geme nella mia bocca e sento la mia figa contrarsi, svuotarsi.

Alzo le mani e gli accarezzo il viso mentre entrambe le sue mani trovano le mie, avvicinando le mie labbra alle sue ancora più forte mentre mi reclama possessivamente, prima di tirarsi indietro.

"Dannazione, sei incredibile," dice, fissandomi negli occhi come un uomo completamente fuori di testa, con le sue pupille che si dilatano mentre rimangono fissate sulle mie come un missile a ricerca di calore. "Ho provato ad aspettare... ho provato a darti un lavoro in modo da poter aspettare e non sembrare come se fossi completamente andata per te, ma lo sono... e questa facciata di un lavoro da domestica è durata solo, cosa? Dieci minuti?"

"Cosa ti fa pensare che noi due non potremo durare più a lungo?"

Prende immediatamente una delle mie mani, portandola al petto e tenendola lì. "Lo senti?"

"Sì," espiro dolcemente.

"Nessuno mi ha mai fatto una cosa del genere. Nessuno a parte te."

«Ma che dire di domani, e di dopodomani? E l'anno successivo? E poi il decennio successivo?"

"Ho trentanove anni. So chi sono e cosa voglio. Non mi dilungo e non rinuncio. Quando vedo qualcosa che voglio, lo faccio con tutto ciò che ho. L'unica volta che non l'ho fatto me ne sono già pentito.

"Quando è successo?"

"Stamattina quando ti ho portato a prendere un vestito per quel finto lavoro che ho creato solo per te, solo per realizzare la mia fantasia di averti qui, nel mio ufficio, così da poterti guardare."

«Allora non hai vacillato?»

"L'ho fatto, perché avrei già potuto farti mio."

Mi attira di nuovo, reclamandomi con forza, ma questa volta le sue mani trovano i miei globi, massaggiandomi i glutei con forza prima di sollevarmi da terra come se il mio corpo fosse completamente irrilevante, senza lottare affatto come se fossi leggero come una piuma . Le mie gambe si avvolgono immediatamente alla sua vita.

Pochi secondi dopo sento la schiena premuta contro il muro, ma questo muro non si apre per rivelare un armadietto segreto, o un nascondiglio, o qualsiasi altro trucco che potrebbe avere nella manica.

"E se" dopo "e se" mi attraversa di nuovo il cervello, ma vengono rapidamente respinti grazie al calore tra di noi.

"Ti ho rivendicato davanti a tutta la mia organizzazione, a tutto il mio staff, a tutti. Questo è un grosso problema nel mondo che occupo", ringhia nella mia bocca.

"Che organizzazione è quella?" dico, tirandomi indietro.

"Non tutto ciò che sembra brutto è brutto, come ho cercato di spiegare."

"Ho bisogno che tu mi spieghi cosa sei adesso, chi sei adesso. Non sei solo l'amico studente di scambio di mio padre di anni fa."

"Sono quello e lo sarò sempre, ma sì, le cose sono cambiate."

"Cambiare come? Sei... mafioso?"

"Sono a capo di un sindacato criminale organizzato che farà tutto il necessario per proteggere ciò che abbiamo costruito, ciò in cui crediamo? Hai dannatamente ragione, proprio come mi metterò sempre in pericolo se dovesse capitarti qualcosa, come ogni uomo dovrebbe fare per la sua donna. Ma posso garantirti che sei al sicuro con me?"

"Come posso essere sicuro?"

"Hai la mia parola e la mia parola significa tutto."

Non voglio interrogarlo e a quanto pare riesce a leggermelo negli occhi.

"Posso andare avanti a lungo su come tutto sia a prova di proiettile, e blindato, e anche su come ho stretti legami con il Cremlino, e l'influenza di Putin non andrà da nessuna parte presto. Ma il nocciolo della questione è che sono un uomo che ritiene che certe convinzioni siano indistruttibili, proprio come la mia parola.

E quando dico alla prima donna della mia vita che è mia, tu, questo significa tutto, proprio come tu intendi tutto.

Le farfalle svolazzano nel mio stomaco per la sua forte confessione, ed è ben lungi dall'essere l'ultima... c'è di più.

"Ti ho desiderato dal momento in cui ho posato gli occhi su di te. Ero incazzato che uno dei miei uomini fosse lì per salvarti, per prenderti in braccio e toccarti con le sue mani e non con me. So che sei più giovane di me. So che sei la figlia del mio vecchio amico, un amico con cui non ho mantenuto stretti contatti nel corso degli anni, ma pur sempre un'amica.

Un amico è qualcuno che non incontreresti mai... qualcuno che fa parte della famiglia su cui vegli. E come posso essere più onorevole che rendere la sua carne e il mio sangue la mia carne e il mio sangue... e poi creare la nostra carne e il nostro sangue... insieme?"

Fa un respiro profondo e gira la testa di lato per espirare, riportando la mia mente nella stanza, e non solo dentro la sua testa e le sue parole. È solo ora che mi rendo conto di quanto i nostri volti siano stati vicini per tutto quel tempo, e sorprendentemente di quanto mi sentissi a mio agio.

La mia ansia sociale, se così la chiami, si estende alle persone che si trovano nel mio spazio personale, al rumore quando cerco di leggere e soprattutto quando le persone mi danno una pacca sulla spalla o vogliono abbracciarmi. Eppure eccomi qui, con le sue mani che mi stringono il sedere e la mia schiena contro il muro mentre il suo corpo è a pochi centimetri dal mio. E le mie gambe sono avvolte intorno alla sua vita, penzolanti perché mi ha preso e il pensiero che lui mi lasci andare non è nemmeno nella mia mente.

L'aria era così densa che sarebbe stato come provare a nuotare in una palude piena di sabbie mobili, e stavo davvero annegando... nelle sue parole, nelle sue promesse, nel codice con cui vive la sua vita e in tutto ciò che lo riguarda.

"Forse ti starai chiedendo se questo sia solo un desiderio passeggero. Non. Questo è reale. Questo è tutto. Sono innamorato di te e non c'è niente che nessuno possa o farà mai per cambiare la situazione. E non mi fermerò finché non sarai mio.

Vittoria mi ama. Lui mi ama.

CAPITOLO 7

Vittoria

Questo è tutto. Mi sono messo in gioco apertamente così lei sa esattamente dove mi trovo.

Sono un uomo che sa quello che vuole e la voglio più di ogni altra cosa al mondo. Faccio una pausa, aspettando la sua reazione.

"Tu mi ami?"

"Non parlo mai se non sono sicuro, e non dico mai qualcosa in cui non credo assolutamente con tutto quello che ho.

Deglutisco a fatica. "E sono certo di amarti, e puoi crederci... per sempre. Sei mio, e solo mio. Non ho mai desiderato nessuno così tanto in vita mia. Diavolo, il solo pensiero di un altro uomo che ti guarda mi fa impazzire, la rabbia mi scorre nelle vene e pensieri selvaggi di violenza mi pulsano nel cranio.

Potevo sentire il mio respiro aumentare di un altro livello, lo sguardo sul suo viso alle mie parole eccitandomi ancora di più, anche se pensavo di essere già al culmine. Fa emergere cose in me che non sapevo nemmeno di me stesso.

Lentamente la sua bocca si muove finché non si morde leggermente il labbro inferiore.

"Anche se mi dicessi di stare lontano non potrei farlo. È la verità. Mi fai davvero impazzire, donna.

Espira forte.

"Dimmi che lo vuoi anche tu?"

Lei annuisce.

"Dillo. Voglio sentirlo scivolare via da quelle tue labbra dolci e meravigliose.

"Io faccio."

"Tu fai cosa?" Ringhio, quasi pronto a esplodere.

"Voglio te, Vittoria. Ti voglio più di quanto tu possa sapere. Le storie raccontate da mio padre... il modo in cui mi guardi con tanta passione negli occhi, diamine in tutto il tuo essere... la vita che vivi senza doverti preoccupare di nulla perché sei così dominante, così alfa, e così temuto eppure venerato da tutti."

"Ci sono molte preoccupazioni nella mia vita, ma quando sono con te scompaiono tutte. E non troveranno mai la strada per te. Gestirò qualsiasi cosa. Tutto ciò di cui devi occuparti è la famiglia che avremo insieme e il mio disperato bisogno di te, ma è un compito impossibile.

"Posso fare del mio meglio, ma devo dirti una cosa a riguardo. Ho bisogno che tu sappia che le cose potrebbero non essere perfette all'inizio.

"È l'inizio e tu sei perfetto", ringhio. "Chiunque ti dica il contrario può venire a trovarmi e non verrà mai più visto né sentito."

"Non è quello, è proprio quello, beh... sai che questa è la mia prima volta, vero?" sussurra.

Gemo e chiudo gli occhi mentre la mia testa cade in avanti nell'incavo del suo collo. «Una vergine» ringhio. "Mio e solo mio... sempre."

"Cazzo, sono così duro con te, Terry", gemo nel suo orecchio. "Devo essere dentro di te, devo reclamarti. Devo assolutamente scoparti finché non riuscirai più a camminare dritto, finché non sarai incinta del mio bambino."

"Allora fallo, Vittoria. Scopami e scopami bene, come vuoi tu, perché è esattamente quello che voglio.

"Allora è esattamente quello che farò", ringhio, spostandoci rapidamente verso la scrivania.

CAPITOLO 8

Terry

È come se tutta l'aria fosse stata risucchiata fuori dalla stanza. Non riesco a respirare, non riesco a pensare, e grazie a Dio è lui che mi sostiene perché non potrei assolutamente mettere un piede davanti all'altro.

Era come una bestia, un predatore feroce che era strisciato fuori dalla sua caverna dopo un letargo durato tutta la vita aspettando solo di divorare la sua preda. Ma quella preda ero io, e soltanto io.

Con le mie gambe avvolte intorno alla sua vita mi porta alla sua scrivania, facendomi sedere sullo spesso legno e sollevando velocemente il fondo del mio completo da cameriera.

Potevo sentire l'aria sulle mie mutandine, che lui sposta rapidamente di lato, esponendomi a qualcuno per la prima volta.

Ma non è qualcuno, o chiunque, è tutto.

Geme e poi mi lecca la fessura facendomi ribollire il sangue come lava fusa, come se avesse versato benzina su un fuoco che stava già infuriando senza controllo.

È affamato, così affamato di me, e piagnucolo per la sensibilità quando fa scivolare la lingua nel mio canale bagnato, trovando per la prima volta tutti quei nervi intatti.

La mia testa cade all'indietro e le mie mani cercano di sostenermi premendo con forza contro la scrivania, ma sono già stordito.

"La mia figa", geme nel mio buco mentre banchetta con la mia carne. La sua lingua scivola verso l'alto e sfiora la mia protuberanza, prima di prenderla in bocca e farla roteare. Poi fa una figura otto prima di risucchiarlo, soffiarci sopra e lanciarlo ancora un po'.

"Sono vicino,Vittoria", piagnucolo, anche se non ho mai avuto un orgasmo paragonabile. Non ho bisogno di esperienza, lo so e basta, come so che è l'uomo per me.

"Vieni sulla mia faccia così posso reclamare la tua ciliegia e mostrarti cosa otterrai ogni giorno per il resto della tua vita."

I miei fianchi si spingono contro il suo viso e le mie cosce stringono contro il suo cranio.

"Di più", chiede. "Mettimi la tua fica in faccia. Dallo A me."

Faccio come mi è stato detto solo per sentire le vibrazioni in tutto il mio corpo mentre lui ringhia: "Ancora!"

È più di quanto possa sopportare e sento un'onda che mi travolge proprio prima che i miei fianchi si sobbalzino selvaggiamente e le mie mani cedano.

La sua mano esce dal nulla, afferrando la mia caduta e appoggiandomi la schiena e la testa sulla scrivania mentre il mio corpo ha spasmi e lui beve dalla mia fontana... fino all'ultima goccia.

"Dio mio. Cosa è appena successo?" dico mentre il mio petto si solleva e il soffitto gira. Giuro che ho le braccia insensibili.

"Quello che è successo è... sei mio, o almeno è solo una piccola anteprima del fatto che tu sia mio. C'è molto altro in arrivo, più di quanto tu possa gestire.

"Sono pronto a provare", piagnucolo, ancora completamente gasato.

Lentamente raddrizza le gambe e si appoggia, il suo cazzo preme contro il mio corpo mostrandomi quanto sia lungo, grosso e bisognoso in questo momento.

"Bene, perché c'è molto di più che devo darti."

Ho la pelle d'oca e sento una goccia di sudore colare dalla fronte sul tavolo.

"Sono pronto", dico.

"Che ne dici allora?" chiede, spostando la testa all'indietro mentre mi fissa attraverso le strette fessure. Le sue palpebre sono così stressate, così serrate, che sembra un gatto selvatico che insegue la sua vittima.

"Per favore cosa?"

"Per favore, fottimi adesso", chiedo.

Senza perdere un altro secondo, afferra la cerniera e la abbassa, facendo uscire il rigonfiamento dal foro, ma non basta. Apre e poi toglie la fibbia della cintura. "Per dopo", dice mentre la pelle e il platino cadono sul pavimento.

Infila la mano dentro le mutande e tira fuori il suo membro massiccio. "Ho tenuto questo per tutta la vita per te e solo per te."

I suoi occhi si spostano sulla mia figa ancora esposta. Posso sentire la mia fessura per metà coperta e per metà fuori dalle mutandine. Ma un secondo dopo è nudo, mentre la sua mano scatta dentro, afferra il tessuto e lo strappa via dalle mie cosce e dalle gambe.

"Cazzo, sei così bagnato per me." Mi fissa. "E so che la mia lingua ti ha pulito finché non sei stato completamente asciutto."

"Sì, questa è una novità. Questo è per te. Questo è il mio corpo che ti accoglie, invitandoti a prendermi. Per fissarlo dentro di me così saremo connessi come una cosa sola.

"Quindi è impossibile dire dove finisce uno di noi e dove inizia l'altro", diciamo all'unisono, ma non ci sono sorrisi o risate per il tempismo sincronizzato delle nostre parole. Solo fame e la promessa dell'eternità.

Stringe a pugno la sua erezione sporgente, portando la corona direttamente al mio ingresso. "Voglio andare piano. Voglio aprirmi lentamente e darti la possibilità di adattarti, ma so che non posso.

"Bene, perché tutto in te è così dominante che è chiaro che è il mondo ad adattarsi alla tua presenza, e non il contrario."

Lui sorride e quasi lo perdo.

"Adesso adattati alla nostra presenza", mi corregge. "È ora di abituarsi."

"Non mi abituerò mai a te, alle sensazioni che mi dai."

Rimaniamo sguardi a lungo, sapendo che questa è l'ultima volta che siamo in questo mondo come individui. Una volta che mi afferma che siamo uno. Non c'è ritorno.

"Voglio farti a pezzi."

"Lo so. Lo voglio anch'io."

Mi sento grondante di bisogno per lui mentre lui mi infila il cazzo tra le pieghe, i miei fianchi cercano di flettersi per attirarlo dentro di me, ma è troppo forte, troppo potente.

"Sei pronto a diventarlo?"

Annuisco. "Si per sempre."

Si sporge in avanti, le sue labbra si fermano a un pelo dalle mie mentre l'altra mano trova la scrivania, stabilizzandosi.

"L'eternità inizia, proprio... adesso!" dice mentre mi spinge dentro con un colpo solo.

Tutto, ogni parte di me cambia per sempre.

Non riesco a respirare. Vedo un lampo di luce bianca davanti ai miei occhi, e mentre si allontana vedo il suo volto. E poi le sue labbra toccano le mie, ma non riesco a ricambiare il bacio.

Sono paralizzato, pieno e completo.

"Stai bene?" chiede, con sincera empatia nella voce.

"Uh eh," gemo.

"Non lo sono", dice.

"Che cosa?" Mi chiedo con rabbia.

"Perché sono fottutamente perfetto per la prima volta nella mia vita."

La mia preoccupazione e la mia rabbia scivolano rapidamente nella felicità, ma mentre lui fa scivolare lentamente il suo cazzo fuori dal mio canale, il vuoto che si è creato mi fa incazzare come niente aveva mai fatto prima.

Lo afferro per i fianchi, cercando di riportarlo dentro di me, ma è davvero troppo forte.

"Ne vuoi di più, donna mia?" ringhia possessivamente.

"Sempre."

"Ed è sempre esattamente quanto spesso la mia donna otterrà ciò che vuole", dice a denti stretti, scivolando dentro di me.

Il disagio lentamente si scioglie, prende il sopravvento la sensazione di lui che apre le mie mura, che le terminazioni nervose sperimentano qualcosa di completamente estraneo a loro che prende il sopravvento.

All'inizio faceva un po' male, ma solo nel migliore dei modi.

"Mi sento così completo, così pieno con il tuo cazzo sepolto dentro di me."

"Bene", ringhia. "Allora seppelliamomi dentro di te ancora e ancora e ancora", suggerisce, con spinte che aumentano in velocità e tenacia.

Appoggia la fronte sulla mia, ma in breve tempo diventa una festa del cazzo, la mia schiena scivola su e giù sulla sua scrivania mentre lui mi infila la sua grossa verga dentro.

"Oh cavolo, Vittoria", grido, facendolo ululare come un lupo mentre si seppellisce dentro di me più e più volte.

"Tu... oh-kay..." chiede mentre i suoi fianchi martellano come un pistone.

"Uh-huh", riuscii a dire.

"Bene, perché non potrei fermarmi in alcun modo anche se un milione di ganci di gru fossero attaccati alla mia schiena, cercando tutti di allontanarmi da te."

"Cazzo, è così bello", grido.

Il suo cazzo scivola dentro e fuori, l'attrito rende tutto il mio corpo ancora più caldo, finché all'improvviso mi afferra con forza la vita e mi infila tutto quello che ha dentro.

Pensavo di avere già tutto, ma quanto mi sbagliavo.

"Sto per venire dentro di te", grida mentre le sue dita affondano nella mia pelle, avvertendomi dei lividi che arriveranno.

Bene, voglio essere segnato da lui.

All'improvviso tutto il suo corpo ha delle convulsioni e sento un geyser caldo esplodere dentro di me. Il mio corpo reagisce immediatamente mentre le mie mura si stringono attorno a lui, mungendolo mentre esplodo sul suo cazzo, che continua a gettare semi dentro di me, piantando il nostro primo figlio, che crescerà dentro di me.

Poi cade in avanti sul mio petto, entrambi senza fiato.

Provo ad alzare le braccia per avvolgerlo attorno a lui, ma non ci riesco. Lascio semplicemente che questa euforia mi travolga, assorbendo tutto. Posso sentire il suo cuore battere selvaggiamente contro il mio petto, i nostri battiti al ritmo.

"Ti amo", dice ancora.

"Ti amo così tanto, dannatamente", dico con tutto quello che ho, non essendomi mai sentito così felice in tutta la mia vita, e il motivo era chiaro.

Lui... correzione... noi.

CAPITOLO 9

Vittoria

Il giorno successivo

"Pronto, capo?" chiede Sergio.

Annuisco.

"Non puoi dirmi dove stai andando?" lei chiede.

"Gli affari sono affari e come ti ho detto, e come ti prometto sempre, non ti disturberò mai con cose frivole. E tutto ciò che rappresenta un problema è frivolo, perché lo gestirò rapidamente e con sorprendente finalità".

"Ma come può essere frivolo se ne fai una questione importante?"

Faccio cenno a Sergiu e lui saggiamente esce dalla stanza, chiudendosi alle spalle la porta del mio ufficio.

"Bello", dico, prendendole il viso tra le mani. "Te lo dirò al mio ritorno, ma non prima. Capisci?"

Lei annuisce senza che io debba guidare la testa in quella direzione.

"C'è qualcosa in questa vita di cui ora fai parte e che devi sempre capire. La vita che condivideremo insieme, ma anche l'attività in cui svolgo, il paese in cui vivo. È la nostra cultura, il modo in cui sopravviviamo e il modo in cui comunichiamo". Faccio una pausa. "Non bisogna mai mettere in discussione l'altro davanti agli altri. Dietro le porte chiuse è dove tutti i problemi vengono risolti, non che ce ne saranno mai più dopo questa cosa. Dobbiamo essere sempre uniti quando usciamo. E questo non è qualcosa a cui dovrai pensare, ti verrà naturale perché lo saremo.

Se è forzato, anche per un secondo, c'è un problema nel nostro rapporto e non lo tollererò. Lo aggiusterò sempre. Non solo, ma altri lo vedranno come un punto debole e una potenziale area in cui trovare una crepa e martellarla fino a creare un buco. E non avremo buchi. Uno. Per sempre."

Lei annuisce di nuovo.

"Bene", dico, baciandola sulla fronte. "Devo andare ora."

"Puoi baciarmi prima di andare?"

"Adesso ti bacerò e quando tornerò coprirò il tuo corpo di baci, vedrai".

La afferro per la vita e la sollevo dal pavimento in modo che sia all'altezza dei miei occhi, baciandola forte e appassionatamente, il mio bisogno cresce immediatamente, ma non posso rispondere alla chiamata in questo momento. C'è un'altra chiamata molto più importante che ho già fatto e ora è il momento di portarla a termine.

"Tornerò appena posso. Te lo prometto, e sai che la mia promessa è sempre buona.

"Okay", dice, e vedo il dolore nei suoi occhi, i miei pugni che si stringono. Il fatto di doverla lasciare per un secondo mi fa incazzare da morire, e farò in modo che il bastardo che ha causato tutto questo paghi anche più di quanto non sta già facendo.

Mi avvicino alla porta, senza guardarmi indietro perché so che se lo faccio non potrò andarmene e fare ciò che deve essere fatto. La prenderò e riprenderò da dove ci eravamo interrotti ieri, ieri sera e fino a stamattina inoltrata.

Ma ciò che dobbiamo fare ora garantisce che il resto delle nostre vite sia pacifico, che la nostra famiglia sia al sicuro, e questo non è un compito che posso delegare.

Questo è personale e non intendo partecipare al viaggio. Lo farò da solo... da solo.

CAPITOLO 10

Terry

Fisso l'orologio sul muro, sdraiato sul lettoVittoria mi ha fatto suo nemmeno ventiquattr'ore fa. Abbiamo avuto sesso spericolato e amore tenero. Abbiamo passato ore insieme e lo rivoglio indietro. Non voglio che se ne vada, e i pensieri su cosa potrebbe accadergli mi danzano in testa quando preferirei ballare in privato con lui, nudo, qui nella sua stanza.

La nostra stanza.

Il pensiero mi fa ancora venire i brividi lungo la schiena. È così nuovo, così veloce e così diverso da qualsiasi cosa mi sarei mai aspettato.

E devo darmi delle aspettative e comportarmi da adulta, nonostante i miei soli diciotto anni di esperienza di vita.

Prima sono passate alcune ragazze e ci hanno salutato. Questa volta sono stati estremamente cordiali e si sono offerti di prenderci del tempo per conoscerci. Non mi sono impegnato perché non ero sicuro di cosaVittoria direi. Mi fa capire che devo camminare con le mie gambe e prendere decisioni da sola, nonostante sia la donna di un uomo così potente.

Non voglio essere una donna mantenuta, voglio raggiungere i miei risultati, allargare le ali e volare da sola. E so che lo farò, una voltaVittoria fa quello che deve fare e torna e tutto diventa chiaro.

Mentre guardo il pavimento e vedo lo specchio enorme che è caduto, ma in qualche modo non si è rotto, un sorriso mi copre il viso.Vittoria mi prese così violentemente che lo specchio cadde dal muro e non ci accorgemmo nemmeno del tonfo. Dice che pesa quasi duecento libbre ed è stato montato con viti di tipo industriale. Oh, sa un paio di cose sulle viti, considerando il modo in cui ha girato i fianchi mentre faceva scivolare la sua verga dentro di me, il piacere è stato immenso.

Ma dovevo sapere cosa c'era in me che lo faceva impazzire così tanto. Nonostante tutto quello che mi aveva detto e mostrato, i conti semplicemente non quadravano. Per lo più ripeteva quello che aveva già detto in quel momento in cui glielo avevo chiesto nelle prime ore del mattino, ma ora improvvisamente ha senso.

Questa è una cultura completamente diversa, che non sempre considera il corpo come un oggetto sessuale, come sembrano fare tanti uomini in Occidente, nonostante i giochi che provano a fare per fingere che non sia esattamente quello che pensano. facendo.

Questo paese è vecchia scuola. Riguarda la famiglia, una connessione e un sentimento.

Penso di essere carino? Come la maggior parte delle donne, non proprio. Non mi sto rimproverando per questo, ma direi che sono nella media e mi sento a mio agio.

MaVittoria non è così, e il suo fascino per me è sincero e so che sarà duraturo.

Se non altro, il modo in cui mi fa sentire mi fa solo sentire meglio con me stesso, e so che si sta già irradiando verso l'esterno. Non voglio sembrare un hippie new age, ma è reale. Mi sento più bella quando lui è vicino, quindi sono più bella.

È un vero uomo, uno che dà potere alla sua donna senza attirare l'attenzione, senza che io me ne renda conto, e non chiede mai alcun tipo di ringraziamento o qualcosa del genere.

La saggezza e l'esperienza della sua età sono più che attraenti e mi attira come una calamita.

All'improvviso la porta si spalanca. "Sei tornato!"

"Vieni da me. Ho bisogno di te tra le mie braccia, donna.

Salto giù dal letto come un razzo, volando attraverso la stanza e permettendomi di fondermi con il suo grande corpo.

"Quello che è successo? Va tutto bene?"

Mi bacia sulla testa. "È fatta. Quell'uomo non disturberà mai più te, né nessun altro. E nemmeno quelli che lavorano per lui".

"Lo hai fatto arrestare?"

Non dice nulla finché non mi tiro indietro leggermente, concedendomi abbastanza spazio per guardarlo.

"Questa è la Russia. Esiste un diverso tipo di legge. Gestiamo le cose in modi diversi. L'ultima cosa di cui il nostro Paese ha bisogno è pagare perché un uomo del genere rimanga in prigione per il resto della sua vita, costando ai contribuenti milioni di dollari nel momento in cui emetterà il suo ultimo respiro".

"Quindi tu?"

"Per favore, queste non sono domande di cui dovresti preoccuparti o porre. Sappi solo che sei al sicuro, sempre. E la parte migliore di questa storia... le donne che ha avuto", fa una pausa, stringendo i denti. "Quelle donne saranno sottoposte a terapia adesso, in una clinica di mia proprietà. E poi verrà offerto loro un lavoro nel casinò... lavori ben pagati. Oppure, quando completano con successo la terapia, possono anche scegliere di seguire la propria strada e vivere la propria vita, come persone libere".

"È incredibile. Meraviglioso," dico, senza nemmeno rendermi conto che lo sto ispezionando per individuare eventuali ferite, schizzi di sangue o qualcosa del genere. Ma se ne accorge.

"Sto bene. Non mi è stato toccato un capello in testa". Fa una pausa. "E come ho detto, anche tu sei libero adesso. Tutti vincono."

"Quindi è tutto?"

"Questo è tutto. È stato curato nella sua totalità. Sei libero. Libero di fare quello che vuoi adesso." Fa di nuovo una pausa. "Ora, se volete scusarmi, devo fare una telefonata ai miei soci."

Annuisco, ma è più che forzato.

Si gira ed esce dalla camera da letto.

CAPITOLO 11

Vittoria

Non solo informo gli altri capi criminali e governativi di ciò che ho fatto con quella feccia e la sua banda, ma anche cheTerry è la mia donna. La sposerò il mese prossimo e sono tutti invitati.

Lo farei oggi, ma voglio che abbia tempo e si goda l'attesa del nostro matrimonio imminente, quello che non sa nemmeno che sta accadendo... ancora.

"Grazie", dico, mentre Sergiu mi porta l'anello che ho ordinato stamattina a un amico di sempre e gioielliere.

Lo controllo per vedere se è perfetto, prendendo nota mentalmente di dare una generosa mancia al mio amico. Vale la pena avere buoni amici, soldi e conoscenze. Il fatto che abbia potuto preparare questo anello così velocemente mi ricorda tutto quello che ho, e mi mostra in un certo senso che non avevo nulla, finché non l'ho trovata.

E se informare tutte le figure importanti di Mosca che lei è mia non è abbastanza, questo anello sarà un costante promemoria per loro, per lei, per me e per il mondo.

Si spargerà la voce anche su ciò che ho fatto personalmente a quell'uomo, su come l'ho trascinato fuori e ho osservato il dolore che ha provato. L'unica cosa che mi fa incazzare è che ancora non soffre. Potrebbe essere torturato per centinaia di vite e comunque non compenserebbe le bugie e gli abusi a cui ha sottoposto quelle donne.

Disgustoso.

Ma adesso la cosa è gestita, così come le mie telefonate. E ora è il momento di mostrarle a chi appartiene, nel modo simbolico che facciamo noi umani in tutto il mondo... mettendo questa grande pietra di diamante al suo dito e assicurandoci che rimanga lì, come il sorriso sul suo viso, per sempre. .

Mi alzo velocemente, la sedia scivola all'indietro mentre mi sposto in camera da letto e spingo la porta con tanta forza che quasi sbatte contro il muro, sfondando il fermo della porta.

La mia eccitazione è oltre misura per vivere questo momento con lei e iniziare il nostro per sempre in un altro modo.

Ma si sta infilando il cappotto e c'è una lacrima che le scorre lungo la guancia.

"Dove stai andando? Cosa c'è che non va?" chiedo, infilandomi in tasca la piccola scatola di velluto.

La rabbia mi attraversa, accompagnata da un milione di domande.

"Me ne sto andando."

"Stai andando? Cavolo, lo sei. E anche tu stavi cercando di sgattaiolare via. Cosa sta succedendo? Cosa c'è che non va. Possiamo risolvere questo problema".

"Cosa intendi con cosa c'è che non va? Risolvere cosa? Non c'è stato alcun problema finché non l'hai creato."

Non riesco a leggerla per tutta la mia vita. Ho solo bisogno di farla calmare così posso andare a fondo di questa cosa, sistemare la cosa e mostrarle tutti i modi in cui la amo.

Mi metto davanti a lei, bloccandole la strada verso la porta.

"Togliti di mezzo!" lei cammina e si precipita verso di me.

"L'unica cosa che ti impedisco è che tu commetta l'errore più grande della tua vita."

"Beh, è troppo tardi perché sei l'errore più grande della mia vita", grida, andando fuori di testa e sfidando quello che le avevo detto sul mantenere un fronte unito, sempre.

Chiudo la porta dietro di me, cosa che la fa arrabbiare ancora di più.

"Hai detto che ero libero, quindi perché stai cercando di fermarmi adesso? Eh? Allontanati dalla mia strada e lasciami essere libero.

La prendo per le braccia, un sorriso mi attraversa le labbra, il che la fa infuriare ancora di più mentre la faccio sedere sul letto.

"Sei libero di preoccuparti di quel mostro da cui sei scappato. Sei libero dal dolore di cercare di mantenerti perché sarò sempre la tua spina dorsale, ora e per sempre. Ma non sarai mai libero da me. Non è mai quello che intendevo."

"Io... pensavo che mi stessi dicendo di andare."

"Andare dove? Sei mio. Tu vivi qui. Il tuo posto è qui, con me. Sempre."

Sento che la tensione si allenta dal suo corpo e lascio andare le sue braccia.

«Avevo bisogno che entrambi liberassimo quell'uomo e la sua gente, tutto qui. Non ne avevo mai nemmeno sentito parlare né visto, ma quando ho saputo cosa aveva fatto a te e a quelle altre donne, ha creato nella mia mente una prigione dalla quale anch'io avevo bisogno di essere liberata. Non potevo dormire un'altra notte sapendo che stava camminando sulla faccia della terra. Ora siamo in pace. Gratuito."

"È questo che intendevi?"

"Questo è esattamente tutto quello che intendevo."

"Quindi tu... vuoi che rimanga?"

"Non voglio che tu rimanga. Ho bisogno che tu rimanga. Ho bisogno di te in tutti i modi e, in effetti," faccio una pausa "Come ho detto, non hai scelta."

Tiro fuori la scatola dalla tasca e ne sollevo il coperchio con un solo movimento. Prendo l'anello in mano e glielo infilo al dito. Non glielo chiederò quando sapremo entrambi che è mia.

"Ti amo bella. Lo sono sempre stato e lo farò sempre. Dal primo momento in cui ti ho posato gli occhi fino alla fine dei tempi e nell'eternità. Sei libero in tutti i modi tranne uno. Sei prigioniero nel mio cuore e il mio cuore non ti lascerà mai andare. Ti amo."

Il suo corpo si lancia verso di me mentre le sue braccia mi avvolgono.

"Ti amo", dice, e le mie labbra trovano le sue, ricordandole che è mia... mia, tutta mia.

EPILOGO

Terry

Un anno dopo

Fisso negli occhi il mio bambino mentre l'odore del borscht circonda la cucina. Non ho staccato gli occhi da lui per quello che sembra un'ora, tranne che per guardare la foto incorniciata di mio padre eVittoria sul muro. Direi che erano bambini, ma all'epoca non erano molto più giovani di me. Immagino che il fatto che fossero entrambi ragazzi grandi e imponenti giochi nell'equazione.

E parlando di equazioni,Vittoria ha letto tutti questi pazzeschi blog sulla salute cercando di capire la migliore dieta naturale da mangiare per entrambi in modo da avere la più alta percentuale di possibilità di avere due gemelli. Sta sicuramente cercando di moltiplicare la famiglia in modo esponenziale e il più rapidamente possibile.

Sono lì insieme a lui e adoro provare nuovi cibi insieme a tutti i miei vecchi preferiti. Inoltre essere incinta mi dà una scusa per mangiare un po' troppo, e se mantengo le gravidanze vicine forse non avrò bisogno di perdere peso nel frattempo, il cheVittoria insiste sempre che non lo faccio. Dice che devo mangiare di più, per sopravvivere agli inverni.

Rido sempre, sapendo che il suo vero motivo è che più mi sembra di diventare pesante, più può essere aggressivo con me in camera da letto, in soggiorno, in cucina, in cortile, nella doccia e in tutti gli altri luoghi creativi in cui veniamo. con cui fare il nostro bambino.

"Come sta il mio primogenito e il mio primo e unico amore?" una voce profonda dice che è densa quanto la cucchiaiata di panna acida che devo mettere nel borscht da un momento all'altro, e più profonda del Mar Nero... e una voce altrettanto gustosa, come in quelle labbra che non vedo l'ora per incontrare il mio.

"Non ti ho sentito entrare", dico mentre lui non mi fa aspettare, baciandomi subito.

"Sono una spia russa. Sai come siamo."

"Lo so perché anch'io sono russo adesso."

«Certo che lo sei. La perfetta combinazione tra vecchio e nuovo mondo."

"Proprio come noi. Vecchio e nuovo," scherzo.

Prende una pallina di panna acida dal secchio e me la tampona sul naso.

"EHI!" dico, e lui ripete velocemente il procedimento con il nostro piccolo Konstantin. "Lo sveglierai."

E infatti i suoi occhi si aprono lentamente e inizia a ridacchiare, le sue mani così carine che si agitano freneticamente mentre ride fino a far venire le vertigini.

"Oggi abbiamo inaugurato la nuova ala che ci avete consigliato."

"Ti ho visto in TV. Eri così bello."

"E sarà così bello, grazie al tuo design." Fa una pausa. "Ti ho mai detto che sei stato un genio nell'ideare un casinò a tema familiare?"

"Un milione di volte al giorno", rispondo, orgoglioso di poter aiutare e sentirmi parte di qualcosa legato al suo lavoro.

"Siamo già in trattative con Aeroflot per aumentare i voli internazionali in arrivo. L'idea di vivere un'esperienza tipo Circo, come quella di Las Vegas, è completamente nuova per noi. Il casinò stava andando sorprendentemente bene come semplice posto dove giocare a carte e scommettere sugli sport. Ma ora che ci siamo espansi a tutta la famiglia, sarà un livello che non avrei mai potuto aspettarmi... o raggiungere senza di te".

Si sporge per un altro bacio, ma io mi tiro indietro. "Ma prenderai tutte le precauzioni necessarie per assicurarti che i bambini non possano giocare d'azzardo, giusto?"

"Questa è stata la prima cosa che abbiamo installato. I bambini possono andare in giostra, visitare lo zoo delle coccole e mangiare tutto il gelato che vogliono mentre i loro genitori bevono vodka, margarita e si divertono con il gioco d'azzardo e gli spettacoli per adulti. E avremo anche spettacoli per famiglie tre volte al giorno.

"Perfetto. Puoi baciare la sposa adesso", lo scherzo, e lui non perde un secondo, proprio come non ha fatto undici mesi fa al sontuoso matrimonio che ha organizzato. Mi sentivo davvero come se mio padre fosse lì a guardarmi dall'alto in basso, benedicendo entrambi.

"A proposito di bambini che mangiano il gelato, io, uh... accidentalmente ne ho mangiato un litro oggi." Le mie spalle si alzano fino alle orecchie mentre gli faccio quella faccia da "whoops".

"Perché non due quarti?" dice, con una faccia incredibilmente seria.

"Ci credi davvero quando dici questo o vuoi semplicemente che mi senta bene per il mio errore?"

"Errore? Quante volte te lo dico?"

"Devi essere in grado di sopravvivere all'attacco di un orso", diciamo all'unisono. Rido e scuoto la testa, lui no.

"Sarà meglio che vada a mettere Konstantin nella sua culla così posso finire la cena."

"Dammi il nostro ragazzo",Vittoria dice, praticamente portandomelo via in un'altra dimostrazione di dominio decisamente ruvida, proprio come lui. Lo adoro però. È mascolino, crudo e impenitente, non che abbia mai qualcosa di cui scusarsi. Fa di tutto per assicurarsi che la nostra piccola, ma in crescita, famiglia abbia il meglio, sia protetta e non provi altro che amore.

"Devo solo mescolare il borscht molto velocemente", dico a me stesso.

"Quello che devi fare è sederti, alzare i piedi e permettermi di occuparmi di tutto."

"Va bene. È il mio lavoro."

«Sei stata qui con il nostro ragazzo tutto il giorno. Posso tenerlo con una mano e mescolare con l'altra. Riposa, donna. Te lo meriti."

"Quello che non merito sei tu", dico, alzandomi in punta di piedi per baciargli la guancia. "Sei incredibile."

"Siamo fantastici", dice, guardandomi negli occhi con quell'intensità da mafia russa che mi ricorda quanto forte il fuoco nel suo ventre arde per la nostra famiglia.

Mi afferra per il collo, con fermezza ma scherzosamente, e mi bacia forte. "Perché siamo una cosa sola", dice, lasciandomi andare, e dannazione se non mi sto già bagnando. «Giusto, Konstantin?» chiede guardando il nostro ragazzo.

Lui sorride e bastaVittoria prende la sua manina e fa il segno del pollice in su. È troppo carino per esprimerlo a parole, ma prima che io possa prendere il telefono per scattare una foto, lui sta già prendendo il cucchiaio e mescolando il borscht.

"Questo borscht mi ricorda qualcosa", dice rivolgendosi a me. "Ho fatto così tante cose nella vita. Mi sono trasformato in un uomo. Ho guadagnato quasi un miliardo di dollari. Ho realizzato il più grande casinò di Mosca... che ora renderà felici molte famiglie. Ma soprattutto, ho creato una famiglia con te. Ti amo."

Lo avvolgo tra le braccia e affondo la testa nel suo petto. "Ti amo", dico, poco prima che Konstantin ridacchi di nuovo, il vero suono dell'amore. La famiglia e la vita che abbiamo creato insieme.

Per sempre.

Fine

Don't miss out!

Visit the website below and you can sign up to receive emails whenever Ashley Colem publishes a new book. There's no charge and no obligation.

https://books2read.com/r/B-A-TMQAB-HQCSC

BOOKS2READ

Connecting independent readers to independent writers.

Did you love *Ora è mia... per sempre*? Then you should read *Sta per Averla*[1] by Ashley Colem!

[2]

William è scappato di prigione per dimostrare la sua innocenza, ma prima di poterlo fare, ha bisogno di un posto sicuro dove nascondersi. Quando una donna formosa si dirige verso la sua macchina in una zona appartata di un parcheggio, lui vede l'occasione perfetta. Tenendola sotto tiro, costringe questa donna a portarla a casa sua.

Questa non è la prima volta che Jesse viene tenuta sotto tiro, e in realtà non ha paura di William. C'è qualcosa nei suoi occhi che le fa

---

1. https://books2read.com/u/4jEG15

2. https://books2read.com/u/4jEG15

capire che non le farà del male, il che è pazzesco ed è questo che la spaventa.

È il primo uomo che abbia mai desiderato, ma deve resistergli. Non c'è posto per l'amore nella vita di Jesse.

William vuole Jesse più di ogni altra cosa al mondo e l'avrà. Venire a conoscenza degli abusi subiti in passato non la fa vedere in modo diverso. Sa solo che lei merita un uomo senza una nuvola nera che incombe sulla sua testa.

Ripulirà il suo nome, ma cosa succederà dopo? Tornerà indietro e rivendicherà Jesse come sua, o la lascerà andare?

Also by Ashley Colem

Bien Trop Brutal

Obsede Par Elle

Limite dépassée

Amour Improbable

Kataliya, la Parfaite Élue

Le Choix Ultime d'un Seul Amour

Réveille-toi, Barbara

Sexe à Répétition

Taïna est en feu

Captive d'une Nuit Enneigée: Jusqu'à ce qu'elle apparaisse et que son âme se sente captivée

Ces Attouchements Tabous: Cette nuit-là, il a changé ma vie pour toujours

Épuisement: Sienna est peut-être jeune, mais son corps sait ce dont il a besoin

Il va l'avoir: William veut Jesse plus que tout au monde

La Femme de ses Rêves: Il est obsédé par la jeune beauté qui lui a volé son cœur

Le No 1 des Connards: Il ne cherche pas d'excuses pour ce qu'il est ou ce qu'il fait

L'étrange Mariage du Milliardaire

Maintenant... Elle est à moi pour Toujours: Je mets un bébé dans son ventre et une bague en diamant à son doigt

Piégé par elle
Tenir si Fort: Il ne savait pas qu'une obsession pouvait s'emparer de
lui aussi fort
Un Alpha de Mauvais Caractère: Aucune femme n'a jamais été
capable de le gérer
Un Échange Très Étrange: Le destin de Cian et de Serenity, croisés
dans un lycée américain
Limite Superato
Amore Improbabile
Kataliya, la Perfetta
La Scelta Definitiva di un Singolo Amore
Sesso ripetuto
Taina è in Fiamme
Esaurimento
Intrappolato da lei
La Donna dei Suoi Sogni
Lo Stronzo #1
Ora è mia... per sempre
Prigioniero in una Notte di Neve
Sta per Averla
Stringere Così Forte